U0935006

NANREN
MEIJIAN
DE
CHUANLIU

男人眉间的川流

徐晓阳 著

中国人口出版社
China Population Publishing House
全国百佳出版单位

序

二十世纪八十年代的遗落者和漂流瓶

——关于徐晓阳的诗

◎ 霍俊明

一

“因为我信了自己的命，孽根深重，与诗有缘，终身要因为残酷挥霍自己的激情而受到它的折磨。”这是整整三十年前当徐晓阳还是一个青年诗人的时候说出的话。诗歌是命，这句话我认。比如这本诗集《男人眉间的川流》，本应该在三十年前的冬天面世，却一下子搁置了如此长的时间。甚至更为残酷的是，徐晓阳在二十世纪九十年代以来主动终止了写作，他的诗人形象和诗歌行迹因此彻底地停留和定格在了八十年代，也许这是对一个诗歌年代特殊的怀念方式。

尽管徐晓阳在二十世纪八十年代就在《诗歌报》《中国》（1986 年第 8 期）、《星星》《诗探索》《丑小鸭》（1986 年第 7 期）、《诗林》（1987 年第 6 期）等刊物发表了诗作并在东北诗坛有着广泛的影响，但是我对于他的诗歌写作并没有诗歌史意义上整体阅读——尽管我自认为对八十年代的先锋诗歌运动还算比较熟悉，而对于日常生活中的徐晓阳我更是无从知晓。在一定程度上我把这视为迟到的阅读，徐晓阳和他的诗集都是八十年代的遗落者——需要时间和后来者重新检视。

不得不说，这种迟到的阅读对于诗人来说有些过于残酷了。尤其是在新媒体革命和海量诗歌生产的今天，那些默默的写作者，那些不参与任何圈子的安静诗人更多会处于被忽略的尴尬境地。也许，他们真正意义上的诗作会在今后若干年甚至更长的时间才有可能被未来的读者所阅读到。在茫茫的时间大海上，诗人扔下了漂流瓶，而经过多长时间又会有谁能够打开它则充满了未知，这必然是难挨的焦虑时刻。

二

尽管诗歌阅读是知音的成果，但是能够在个人写作和公众阅读之间达成最大化的空间也是每个诗人所需要的，因为诗歌毕竟不能只是个人日记和“抽屉文学”，就如徐晓阳搁置了三十年时间的诗集最终还是要面向读者和公众一样。严格意义上讲，诗歌是漂流瓶，它总会有被打开的那一激动人心的时刻。正是因为没有接触过徐晓阳的诗和人，我就可以没有任何包袱地凭我的阅读趣味来谈谈我的个人感受。

在二十世纪八十年代的诗歌生态中，体制和先锋同样处于众声喧哗之中，甚至对于具有实验性的诗歌批判之声一直存在，而徐晓阳是一个真实、真诚的诗人，是敢于说出自己真实想法的诗人。仅举一例。1986 年 11 月号的《星星》推出了中国诗歌社团诗选专号，针对编辑小记（《中国诗歌社团诗选专号编辑小记》，署名为“一编”）以及一些诗作，徐晓阳写了一篇措辞比较激烈的商榷文章，这就是刊发在1987年2月号《星星》上的《关于中国诗歌社团诗选专号的断想——兼与一编商榷》。在文中，徐晓阳直言不讳地摆明自己的态度，比如，民间立场、诗歌中的性、人性、情绪的复杂化以及批判意识等，“‘百无聊赖的情绪’不是情绪吗？难道诗人的情绪已经被谁规定好了吗？何况那些被一些诗人们视为诗歌的最终归宿的民众的情绪，总保持愉悦、亢奋……的状态吗？也许他们的情绪要比我们的一些诗人丰富得多吧？诗人们！不要用自己已经被非本体固定了的情绪程式再去固定那些可怜的读者了！”是的，诗歌是绝对不允许装扮、伪饰和说假话的，甚至在更高要求的层面对于“诗人”来说“诗”和“人”是一体的，如杜甫、苏轼，而现实情况则是二者往往是分裂、矛盾、龃龉的，甚至从“人”的角度来讲更是不堪入目的。当然，我们评价一个诗人最终往往占据了主导性的仍然是一个人的文本成色，而这一文本成色与一个诗人的精神眼界、思想载力以及语言能力、修辞能力是联系在一起的。

三

任何人读徐晓阳的这本诗集都会有难度，甚至会是一次不小的挑战，因为这些诗作都是三十年前完成的，而我们评价它是采用什么标准呢？如果还原到当时这些诗的写作背景，即二十世纪八十年代，我们应该把这些诗与那一时代的诗歌进行比较和评价。但是，我们任何人都已经来到了三十年之后的诗歌现场，我们评价诗歌的尺度和标准已经更多的是进行时当中的了，任何人都难以保证自己的诗歌标准就是八十年代的——实际情况是那一时期的诗歌标准更加多元、复杂甚至充满歧见，而每一个诗人、阅读者和评价者的标准因为内在机制和外在原因而处于不同程度的变化和调校之中，甚至不同时期的诗歌标准会具有非常大的差异甚至是彼此矛盾、龃龉。这个时候，包括我在内阅读徐晓阳的诗就感受到了难度，我们该以什么样的标准来判断？是纯然三十年之后的当下视野，还是试图回到三十年前的诗歌场域当中？而二者在我看来都是有问题的，都可能会导致阅读和评价的某种偏颇，所以我也只能采取折中的方法，即兼顾历史和当下的两个维度，从文学性和历史性的融合来面对这些特殊的文本。而我们又必须注意到文本写作时间的重要性，因为这一时间不只是涉及个体的生命体验和写作美学，还与当时特定的历史背景、文化环境以及时代的整体特征不可分割地融合、搅拌在一起。不管你是“纯诗”的奉行者，还是“现实感”和介入现场、时代的关联诗学的践行者，诗歌的时间背景是非常重要的一个衡量尺度。

四

徐晓阳这本诗集分了三个小辑，如“一种苦涩”“飘有长发的天空”“鹤梦边缘的歌者”，在其中我们很容易找到二十世纪八十年代的诗歌关键词——中国诗歌整体青春期和重新启蒙过程中特有的理想主义的激情、冲动以及敏感、多思、忧郁、愤怒和疲竭的时代肖像，“那是诗人的长发，浅黑色的颜色让人想哭，把它作为旗帜，写下使我们能产生美好幻觉的消息”。

平心而论，阅读徐晓阳这些八十年代的诗作——其中一部分诗作当时已经公开发表或刊发于民刊，我一直处于心境难平的过程之中。这是重启对话的过程，甚至是充满了历史错位的阅读过程。徐晓阳的诗歌放置在二十世纪八十年代来说仍是优秀的、突出的，他是当年大学生校园诗人群体中的佼佼者。为了重新寻找到属于那个时代诗歌的特殊精神气息甚至某种荣光感，我在书架中翻找数日终于找到了八十年代徐晓阳的身影以及他的诗歌。徐晓阳在黑龙江大庆师范专科学校读书期间参与创办并主编了荆棘诗社的《荆棘》诗刊，此外还有 1984 年 5 月黑龙江大学冰帆诗社的创刊号《冰帆》以及 1985 年 6 月编印的《启航时分》。《冰帆》是一本油印的 16 开的淡蓝色封面的校园诗歌民刊。我再次看到了那些熟悉的或陌生的名字。这些民刊让我们穿越三十多年的烟云和冰雪再次回到了北方校园，看到了那个年代的青年诗人特有的蓬勃而忧悒的脸庞。甚至我有一种久违的羞愧感，那个时代连同诗歌精神彻底远去了，似乎再也不会重现了，连同那个时代的理想光芒也似乎彻底落幕。隔着三十多年的光阴，这是一次既偶然又必然的围拢和聚焦，那些被有意或无意隐匿的诗行再次闪烁如星斗。这是迟到的阅读，又是刺痛人心的倾心交谈。诗歌观念和美学趣味有时候会决定一个诗人的写作水准和行进方向，尤其是在二十世纪八十年代那样一个空前强化诗歌多元主义的整体文化背景下更是如此。当看到徐晓阳说的一段话我可以肯定他在那个时代的诗学问题上已经是一个不多见的成熟者了——“我不得不悲哀地承认这棵树无土可依，它是木，如同诗的存在。但它亦非木，它与土相克而与灵相生。因此，反对任何观念与主义的强行介入，反对诗的空洞的‘唯’的界定而遵尚自身的感悟，力求使诗的直接的物质价值的实现能够体现在感应者的内心现实中，而完成诗外的艺术现实之构成或重构。”尤其是拒绝和反驳流行化“唯主义”马首是瞻的写作趣味和观念写作，而对诗人真实的感悟能力以及“内心现实”的着力强化更是难能可贵。这已经深入地涉及了“词与物”“个人化的现实想象力”和“修辞真实”的内质关联。徐晓阳八十年代的诗歌打开的空间已经比较广阔，比如对地方空间、深度原型意象以及文化母体的关注，对个体主体以及时代景观的精神凝视，等等。

五

我相信会有很多徐晓阳这样的当年的年轻人，他们的诗作被搁置了、淡忘了，尤其是在喧闹无比的第三代和校园诗歌运动中很多热闹一时、红极一时的人物都被后来的人们遗忘了。似乎只有诗歌本身能真正地对抗时间，把当年的诗人、生命、记忆和历史重新带到我们这些后来者面前。所以，徐晓阳又是幸运的，作为一个诗人，他的诗作能够再次拥有了生命感，拥有了面对未来读者的机会。这三十年前的诗歌的漂流瓶，我们打开的那一刻，里面充满了黑暗和寒冷，那些诗句重新被目光和内心擦亮的时候，一个诗人得以重生，一段诗歌的历史得以复活。所以，徐晓阳和他的诗歌承担了布罗茨基所说的诗歌是对人类记忆的表达这一功能。徐晓阳诗集的特殊的诞生过程使得我重新对“诗人”这一伟大的名字肃然起敬。也许，并不存在完美和完备意义上的诗人和诗歌——而是充满了缺憾、痛苦甚至悲剧意识，而那些对诗歌始终充满了赤子之心的人永远值得被我们、时间以及历史铭记和致敬。

这是一本年轻诗人的诗集——遗落了三十年的诗集，年轻就是活力、热力和效力、膂力。在此，我由衷地谢谢徐晓阳的这本迟到的诗集给我多年的诗歌阅读史带来的特殊体验。在三十年后的河东，在大雪未融化的冷峻的北方，我长时间凝视着这些经由另一道河岸传递过来的诗歌漂流瓶而说不出话来。此刻，任何文字都是多余的，因为徐晓阳和他的诗歌证实了一句话：“有诗为证。”

2020 年 1 月改定于北京

目录

向季节告别

不能理解你絮状的胆怯
没有风就堵塞了我的天空
让我痛苦的足迹包围你的住处
你的单车能骑上天空吗
宁愿充满云声的周围压迫我的歌喉
看你永不磨灭的微笑留住季节
不愿以沉默的脊背守望单一的路
不见你唯一可以温暖的红巢
四周的眼睛把我写成秋天的树桩
没有黄叶飘零没什么眼泪

你的眸子溶入窗外的黑夜
视线里的影子同样毫无意义
希望有难言的孤独伴你的屏幕
可以破译的门铃不让你惊恐

身后的空间形同囚室

还是转身享有这份静谧
这样的夜晚最好不属于自己
革命常在此时发生
你的背后到处是呐喊声吗
还是重复你昨日的句型
移窗外的星星为今晚的诗题
让男人在虚构的意境中沉浮

愤怒你的灯辉若明若暗
光幕之下的石头证明许多坎坷
我不能不转身离去
相信黑夜不等于白纸
扬起沉重的手臂作为树臂的形象
向季节告别

秘密出走

那短促的铃声惊醒的首先是我自己
一阵金属的碎片洒落如雨
今日的血受热　蒸发于楼梯的尘埃之中
步入一道假门
猛然看见往日寻不到的空门正在关闭
闻到一种关于家的气味
亲切的气氛在脚下飘浮
有一稚蝶在眼前飞来飞去
你无法预测敲门者为谁吗

钟声一遍遍敲响了
觉得我们眼角的纹里有虫儿爬动
你递来的苹果那么真实
却无枝可悬
谈遍每件家具之后
口袋里只有空风走动
既然勇气只属于逃适
就
妄想你洁晰如初的脸于夜辉之中
有晶莹的光照暖我的暗路

伤感情景

时间在指头间流淌
视线近处的墙壁
仍旧在捕捉天空的忧伤
你在时针的空隙间
反复猜想一张办公桌的样式
我也在推测我们的视线在何处相接
又在何处折断
连同夜景虽然逝去了却没有死
它们的声音成为我的记忆
这些让我害怕

秋天在路口等待迟到的情侣
黄叶只能留在季节的后面
作为诗歌的最后一批意象
在女人的眼泪中埋葬
在我们的坟墓前站立的
只能是我们自己

独坐时的喧嚣

落雪的日子目光不能相对
设想留下你诗化的表情
你某日的天空落雪
你身下的红砖为泪水软化
今日的气氛围我而坐时
在离你不远的地方回忆

往事只剩下几件外衣和动作
你的眼睛与笑悬在视觉的外边
反正现在不可以触抚
我的晴天被镀铬的剪刀剪碎
写故事的笔画乱无数空空的圆圈
将自己包围后你不能解救我
或许这样有孤独而没痛苦
有不真实的笑声而无真实的眼泪
请别敲门
亲爱的递给我一支烟

这很适合独自想你的空气
因此你怀疑每个男人时
我有点伤心就像现在

秋的断章

在时间的皮尺里游戏自由
感到远方的云缚有绳索
血让路再一次激动时
无法敲响的门向谁敞开
一个人走进你依稀如往日的绿晕
用泪水再叙昨日的欢歌吗
一会儿转向窗外那行深刻的足迹
在你的脑中成为激荡的河床
怎么能忆起已经逝去的时光
让断羽重新飞翔的日子
整整齐齐地藏进了我们的口袋

没有记起远方或门外的囚室
在你的文字里感受屋外正在落下的树叶
我的背上有时光快速爬动吗
你的目光穿透岁月后
有一景象多次重复于眼前

眼前你的情人目光如水
在指针上阻碍痛苦的含义
这样的布景一次次被翻动
像我们儿时的电影
再也没有上演的消息

等待白鸟

白雁　北方断羽的双翅
终于没能给我带来一种声音
我失去了男人的激动
地平线深部的一个影子
永远沉下去了
让我怎样想象你喷薄的热情
为暗夜中流泊的苦水侵蚀
再不能升起那融融的夏日了吗
有一只鸟儿丢失了哭声
有一个人失去了歌声
那旋转而逝的叶子没有表情
而你为谁旋转而去呢
四周的春色倒置

神圣的光环破碎为残苇的败絮
等待且猜想如山的请柬堆积道路
让我在梦中一次次攀登

（挥不动胜利的旗子）

失足于梦中　向下坠落

脚下没有真实的陆地

那么你又栖于何处

装有四壁的房间不该属于你

一路风尘

1

地平线是不老的植物吗
你孤独的身体失去手臂后
只能以你不变的姿势做最后的遥望
遥望属于你的秋野
看最后的车队化为一路风尘
追赶不上的思念就在你的内心软化
是青春的火焰不会熄灭
寂寞的旅人因为远离熟识的风景
秋天的田野才以金黄的忧郁
覆盖那深沉的土地
唱出你的心声
让路人感到过客是他逝去的光阴
黑发一片片变色的时候
泪水显得那么软弱无力

2

我没有与你道别

你不能为我送行
这样的故事被车辙不断重复
怎样描写为此而孤独的男人呢
远行仍然是属于青春的
让脚去认识不同颜色的路
让思念从不同的异地吹给你
野性的风
你有机会思考爱情的色彩
醉人的蓝色醉人的深沉之下
最痛苦的结晶是咸涩的盐铺满道路
我在环绕我的光中失去方向
到处都是眼睛因此到处都是泪水
泪水结晶了不是珍珠

3

树绿顽固地涂改秋色
任远行车奔命般行驶
也不能冲出季节的重围
前面仍然是站立并且招动绿旗
这是女人的爱
不断地为你送行不断地在前方迎你
逃跑成为一种徒劳

哲学在田野简单得如收割过的土地
而情人在远方复杂得如无法破译的云
路碑重复了你的门牌号码
重逢成为一种迷惘和惆怅
那片沾在衣袖的草叶也是家门前的草叶
太阳与月亮又一次被车轮代替
你的微笑依稀如昨吗

4

时间蜕变为皮筋
道路荒诞得可长可短
风光如多棱的镜子
太阳被雨雪浸泡
流汗的男人忘不掉播种的记忆
收割的季节农具上血迹斑斑
我的嘴只可以讲故事吗

闭上写满风尘的眼睛
我需要你的痛苦
伴我的年轮回旋无法读懂的诗句
然后署上我的名字
拥有陌生的视野里最后的植物
摇动余晖

远行风车

不能不追随风的方向
离别成为越来越多的节目
在无风的夜晚是不能飘动长发的

飘向没有高度的星空并且闪亮
你怎么述说向北的方向
在没有终程的流浪中滋生回归的愿望
似有七丛星星草标志归途
而你在又一次清晨到来之时
去倾听远海可能会有的风讯

跨越大海又是不可避免地起跑
汗水在旱季润湿干涩的风轮
于无歌带拓古据荒
而你精美的轮片之上季风源源涌动
猎猎有声
遥望你头上那面红色的风旗

只为那忠诚的方向
与白身不为眼睛承认的高度
播满旗语的空中
冒险的风筝于你再现的季节
模拟百禽的翅膀翩翩飞翔

鹤鸣

双翅滑下　梳理透明之夏
芦苇摇动　眼波迷离向往那健美的身姿
大地的毛发温柔地连缀俭朴的新床
一声声把你战栗的心音破空传来
而人形的图腾已然凝塑于青空

只这一点灵秀之气北方的额头便格外醒目
男人的肤色里太阳的黄经泛起波浪
各种号子从你狭长的声带滚滚涌来
山群倒置　光轮旋转着青枝滑下雪道
火耕地的鼓声便传颂于鼓满风帆的胸腔
而村头的古钟又一次激起青春的冲动
在每棵秧苗上摇响混浊的泪光

男人的手臂如刀镰腿关节噼啪作响
狂蹈之舞爆发于一片金黄的卵之碎片儿
声音的律动便格外地急促　火在镰上流动

而臃肿的屯仓鹤鸣之声顿时拥挤不堪
火炕上松散的关节飘出醇厚的酒香

而大梦之中又有鹤鸣振翅北飞
一声清啸是一个普通的女人……

初春

日子在狭路的转弯处
拾起一枚镀金的铜币

在发黄的相册里感叹青春
孩子的胖脚丫变成纤硬的远帆

山的那边有棵重新发芽的树
形影弯穹曲曲地随晨光摇动

昨天叹出的气泡
长满鲜嫩的青藓和虫儿

不肯离枝的病蝉被牛犊骂着
老者回头赞美歪斜的脚印
那只童年的红猫如何如何美丽

荒原之门

1

整个下午那轮滴着铜汁的太阳没有滑过
我的等待发出空空的回音
涨满秋光的荒野充满了燃烧的气味
不可否认有个女孩踽踽走来
她的脚踝有一点殷红的血迹闪闪发光
只那一瞬便感到她如我的妻子
现在她的背影把那缕黑发
吹成没有方向的旗帜
我不知该走向哪里
那大得如此的天野茫然地存在
我不得不慢慢地向下跪去

2

一丝无语的白带在不可辨别的底色间
于苍茫时刻遁入自然之门
没有你的足迹可以标志稀有的道路
那根斑落光漆的竹竿

摇曳于每册史书那条模糊的分界线
不知该走向哪里
把头抬起来就交给一面野旗
于破断的纤维丛中摇摇晃晃
感到有什么随你的曲动
一丝快慰抽离心肌
阳光下看它快乐地枯萎于无形

远方的彩流没有在你的目光中反射
固守黑地的小草迎风招展
不管你怎样猛然误入荒野
第二天傍晚就会看到那杆野旗或你
于浊气迷蒙的空野逃离并且升起
根须偾张直指脱落板结的泥块
土粒簌簌向下跌落
一座无尸之墓高高坟起

而我终于与你一起漂流了
踩过无脊草环编的小路
如同你飞升之后仍然要苦苦寻求路标
我被什么一次次引向无路之路

3

你的门旁饰有一朵永远开放的素馨小花
离你很远的花圃之外
我多次计算那粘有卜辞的障篱
竟然没有一次转过身去
夕阳再次轻松地滑向归宿之床
没有归宿的瞑想在长出荒草之后
最热情的幻象仍旧痴痴地展现门内的情景
孩子突然长出发硬的胡须
只有一棵修纤的弱草茎顶红蕾
是那点鲜红的唇转眼勃勃开放
脚下的柔草之丛于风波的抚摩之下
在你身旁醉心于图解你的倩影
举起能够揽抚白云的长臂之后
如此坚信可以触及地面
如期走过你茂密的香嵩之林
那点细碎的斑光成诱人的枯黄
是鱼儿转眼不知流向何处
任身下的绿绒紧紧地卷起我的身躯
紧紧地一丝丝快感的鸣啭绿绿地
蠕动在金色的光道

4

拒绝永恒的光轮束向我的头颅
在没有跨入你没有高度的门槛之前
身后的彩束亦如随阳光游移的影子
额头的前方亦有亦无的渺渺花岚
呈雾状充塞我无可跨越的视线
紧紧地盯住那香门上的点点黑钉
撞击之声已不知自何而起自何而失
以致开敞的门前没有一条小路
一道涨满绿汁的河是我的汗水吗
一尾忧郁的鱼在无水的土地中酣泳
再次感到我衣裳上的鳞片
偷采了几个太阳如同收藏了几个甜橘
感到了结果的快乐在别人收获的季节里
于火焰之上的是缕缕青色的烟飘出炕洞
如同我的蒿草与苇絮最后终于熄灭
自己也散发着兽肉的焦香之味
是那样突然
暴露于那片伤痕累累的土地

又有一片新生的荆棘之林淹没足迹
我的前后没有道路
在几次转身之后我终于逃遁于自身的圆圈

被撕裂的声带塞以五色草的芬芳
将有十八个儿子唤出同一声音节
使你的寻求在瞬间便徒劳得如声音的气泡
如百草成荒一样毫无意义

荒空之上那颗无名星以何象启示你
当向北成为一种方向时
你那多少年希冀洞开之门已开始行人
郁郁而骚动的眼底之光闪烁着
在无法语言的孤愤之中
迈开双腿

冬青子

那点沉黄的秋光之下
有一方瘦小的叶挽留你的目光
走向远方的道路再次飘起白雾
总是这样的幻想属于故乡
是什么惹你的痴魂
在一万次伫立之后仍旧遥想
夕光下一抹泛黄的冬青子

如你的海中那些漂动的水花
总有几叶扁舟的角帆摇晃
苇哨的涩歌缭绕于回飞的鸟胚
只有你不会行走而拒绝双脚
竟以死亡藐视人为的迁移
在那方留有标记的土地上
举高扑入归子视线的第一幅风景
也任风风雨雨的斑驳
吹落满天孤行的絮歌

狼

1

白莽的底线之上最后的草尖摇动点点星光
月光无处可栖散乱为飘浮的冰风
没有目的地 你的稚须已粘满昨夜的腥气
在晨光到来之前你知道必须继续奔跑
心中很热的铁旗
于北国的雪莽中挑起 沐凛凛寒气之流
向北
那串串跳动的足印很快就消逝了
浑宏的天空之下你是一颗失落的黑星
白野天边 最后将你埋没于世界之外

标有道路与方向的路口
肉的气味异常茂盛而芬芳
而所有繁殖的季节中异性的气味后面
黑掌耸立如林如网
道路被纷纷封闭如圆如环
你的气味被迅速破译
没有怀孕的母狼以最凄苦的嚎叫在远方唤你

是日葵没有开放的夜晚
就疯狂地循着声道追出多年的蔽体之穴
一种庄严的快意如白色的水沐过全身
柔软的四足连同勃立的狼毛
在最后时刻　凝望北方
向北以及北方那不断远去的新儿之后
把自己变成战败者的形象挑在摇晃的猎枪上

2

山的裙边渐渐滑向你幻境的边缘
发出莹莹银光骤然淹没黛色的土地
升起　如三角星在无人带闪闪发亮

食色兮双目微闭拒绝明亮故事的唤喊
胃也空空胃也膨胀　嘴边流溢美妙的色光
乐符舞蹈黑土上泛起细腻的情感
以至山水停息了日夜的喧响把新的晨曦洒向
每个发黄的村庄　冬浪如潮

拜夜滴月　打湿你勃满春色的毛管闪闪亮亮
虽然微鼾唤不醒浑圆的梦境之墙
轻风仍旧祈愿

慈航普度　夜色慢行

山的那边白胡须再也飘不过山顶了
竟然割断双足拒绝歧路
扔掉新鞋标志英勇
而嘹亮的骂声通过高举着的声道纷纷袭来
山角的棘丛中雀声喳然
吓跑许多刚刚学路的狼孩
浅浅的足印成为化石在史书里石化为宝
闭紧双眼幻想的光环终于落于脚下
睁开眼睛　走出瞳孔
山道上你的故事抚摩在你的身边泪珠闪亮
风中飘舞着三角布的碎片如春色之雨
如有色之雾　椎骨酥酥

3

如歌如缕如一匹白带以最美妙的盘旋
消逝在蓝火之后　灵魂开始浪漫
以扭动的记忆领悟不曾有过的幸福
似有一个荒诞的梦驶过厚厚的土层
泪在每件破衣上凝成混浊的晶体
星空如画如景
展开所有的想象之布　垦荒者的草房之中

油灯如豆

因此你不会升上天空的
子孩的祈愿即使热雾蒸腾不断而至
你的骨架也会很冷很冷
还是伫立呆望远方的眼睛
以黑夜之衣在孤树上迎风飘动
无庙可栖
窄狭的荒草被踏弯脊梁
你的足音频频叩击夜之空空
农人的炕烟正慰藉渴望谷的芬芳
无脾之胸乐歌缕缕
野魂的队伍没有翅膀
膝没有弯曲　关节处簌簌滚落前黑土
鼾声雷动　梦祭之中
那座野坟有新土点点增高

4

漆黑之夜压缩你为二盏幽蓝之灯
两道闪光的曲线图解着山峰的图式
没有航标的黑海从脊背上匆匆滑向山谷
成为一幅美丽的图画充填荒原的史志

一些柔软的胡须摇晃着得意
平稳的八步极力自诩着缠绕山腰的岚气
草根津津有味　躲在阴影里满足于缓缓地老去
你瞳孔关闭　睫毛如笔
扫去了如此卑屑的生命
重足抬起更蔑视那些庇护窝厩的神像
而牙齿如峰胃囊如谷张开错动
隙缝里便淌出格外茂盛的森林草流
光亮的毛管滴出太阳的铜汁
刹那淹没许多阴柔的大家手笔

没有祷告就缓缓地跃起
前足仰望刻满高度的天空
飘然的身影如风也如风之刚劲
山峰或村庄是风景尾随你游动
草浪在你的足风下低下头去
却没有得意之情流溢于拙笨的声带
机警的耳鼓上时刻有远方的冤鬼
在狂蹈复仇之舞
枪管火红发出嘘唏之声猎人的视线在拼命地结网
嘎嘎作响的狂笑正从陷阱阴森的喉管升起
合同纸在人与虎的手爪上招展如旗

缓缓跃起目光射向远方后足之肌绷满力量

时光如金环飘落如雾如云的记忆如此美丽

家族的册谱无动于昼夜的相撞
刚刚死去就有新生儿的哭声于草芽上升起

母亲的叶子

那是太久的迷失
我肩上那轮沉重的幻月
终于沉下向你飘落
于风中的破絮
猛然窥破你仍旧流溢慈辉的脸上
再添新纹
如同你吃惊地抚摩儿子的高度
很快你路口上的身影
恍惚于远行车抛起的一路烟尘
以这样的姿势迎回儿子
又送走儿子的总是母亲
如同秋天里路旁的树
那一片叶子总是飘向昨天
我记不起那些温馨的
竟不能回转身来
任背上涂满泪水
妈妈的树因此

长得格外茂盛
以一种不会褪去的颜色
昭示青春的含义

庄子

1

北溟的水漫过无人带的丛林
你游出窄小的木床
舍弃可以凭借的船桨
成为一条独行的鱼
与你的汪洋永远涌在世界的边极

你响亮的鱼鸣暗示一个汛期的到来
千帆竞发时还有大批捕鱼者准备出发
他们航行了几个世纪
在绝望中痛苦地死去
死时他们都睁着眼睛
他们渴望饮你之水
这种渴望永远在路上焦渴地奔走了
只有一些鱼形的路标成为后人神秘的图腾

独歌于一片天空
你感到伟大的虚无
这片土地没有被流放
有多条大路通向远方
为什么连过客都没有呢
你的骨架成为史书中的化石后
北溟之水永远干涸了
于是　有人陆续到达山地
久久地站在你的故地
思索哲学的痛苦

2

你的妻子的美目再不能
感受世纪阳光的抚摩了
独行于众人之中
鼓盆而歌的是你吗

为了回忆你的歌声而歌唱
随日月行来的季节
在云的氛围中张开双臂
阳春的雀鸣有她的声音
在冥冥之中劝慰过你
还为什么号啕呢

你的歌声即她的歌唱
你的影子终于消失于万物之中
万物的呼吸亲切可见

你为什么思考哲学
于每日的黄昏遁入万年臆想
是残阳之血流入江河后
有成群的人被溺死吗
背后的古僧坐为岩泪中的壁画
斑驳的色彩亦如你窥破的风景
你想哭　哭声酷似你内脏的颜色
你就哭着死去了
作为笑的另一种形式
你嗷嗷于忘川的溟水之中

解剖图腾的刀子没有血迹
鞋子仍然穿在人们的脚上
人们拼命向死亡前进是害怕你的追赶
你总是出现在人们的前面
你的表情使人们开始怀疑
历史的车轮出了问题

我们共同感到了悲哀

新生儿在没有学会哭之前从母腹中
带来哭声
这哭声多么酷似人终的哭声

我的生肖物

卯，晨五六时，太阳快要离开黑海而进入黎明，但此时仍属“太阴（月球）”控制之时，而月球中唯一的动物传说为“玉兔”，因此卯时也就为“卯兔”了。

本人属兔，性格怯弱而爱幻想，时一宿数梦——阴虚也。面对生肖画像，青灯冥幻，以至渐渐大了起来，如龙如虎——惰性也。

1. 升空

潮湿的洞口变成圆圆的月亮
一团团尘世之雾裹你袅袅升腾
生出肉翅的祖母在频频招手呢
灵桂婆娑当秋两馥
无限喜悦化为胆汁也渐渐膨胀
身后的三窟越来越模糊了
以至成为笑语流传在古道深巷
巨大的狼牙虎齿开始晃晃摇摇

如山峰倒下再也爬不起来了
不断拉长的射程宣告结束许多高宴
又一个威武的梦滑过微闭的长睫
又死掉一头母虎
狼在吃草
狭窄的声带摇曳着一串荆棘的笑声
袅袅腾空
云拂玉须绒绒
青天碧海在淋浴我的甘霖呢
四足之肌穿过柔柔的暖雾
甜甜的
力渐渐萎缩时你最后跃入月门
飘飘浮动的长袖是云中的小路
时歌时舞把你的倩影投入万湖清辉
以至身影变成嫦娥纤细的腰身
苦涩的草根滴出桂花的酒香
双眼蒙眬勃动着欺雪的凝脂
天空是绒绒的大毯
软软地在足前铺开
为仙的岁月展现在眼前

前足合十
缓缓向高空处再次竖起
我那苦难的伙伴还要爬过多少

令我惊颤的枪声……

2. 旧日

举杯邀明月，对影只三人
酒是姑娘的泪
月是身旁的灯
桂树瑟瑟罡风涌寒
美丽的短须都飘为古老的目光了

碧绿的菜畦黛色的山坡
狼口与枪管中我家族的册谱
绵绵更生
殷红的血迹幻化为茂密的山草
奔逃舒展着存在的标旗
竖起纸扎的假尾
谁在学跳我的路
竖起长耳有人偷听窗口
我全部的碎片滋养于众人的胃中
阳刚之峰就在身边
而男人的太阳还在身后追赶
温馨的土壤升不起各种颜色的芳香

奔跑在一个圆中

后面是圆圆的枪口
前面是圆圆的天空
高高的青墙仍旧飞出童话的歌声
善良的外衣在孩子身上飘动

3. 婚溯

鸣叫折落在身边
以致如丘高高坟起
埋向自己的正是自己
再也看不见那人的身子
她在告诉你神是两性的
再多的想象也无法偎入幻想的境地

莫名的孤独衬照地面雄性的风
土地就在足前时你失去了双足
梦在嘴角抽搐着一丝快意
不敢睁开眼睛
也无处可逃

4. 魇梦

空白的脑回抛出智慧后
骤然变为河床

湮向玉床湮向自己
不断老去

不可自已地升腾
月之壁无边无垠
这是人为的科学境地
而失去重量的身体
幻想着触及地面的感觉

兔儿排着可怕的长队等待上升
山背的青苔长出了阳光花
有人把润土中的虫儿变为干柴
有人拼命加砖并且汗水淋漓
轰然坍塌生物圈锋利的碎片
飞向地球的咽喉
自己的鲜血流进自己的衣襟
粘住已经退化的四肢
拼命于梦醒前
苦苦地挣扎

山母

还记得分娩时
山轰隆隆的哭声
松树拱出地皮儿的痉挛
都留在褶皱中了吧
北方从你身体走出
吮晶莹乳汁
淋腊月阳光
出落得黑壮壮的充实
不再像你或你父亲
连你的女儿小白桦
也出落得亭亭玉立
幻想撑破了
松油灯熏烤过的小书包

爱就顺着山的方向
延伸到父辈曾惊恐的地方
很远很远

梦里也飘动着
神话中洁白的小裙
如白天鹅翩翩起舞
晒满天星星
洗晌午太阳
终于心因激动而疼痛
满山回荡着
油锯手的号子
遥远的楼群
也涌来
山的回声……

泪水在混浊的暮辉里膨胀
打湿了孩子的欢乐
当簇新的北方
从看山人陈旧的棚子中
扑入你的视野
遮去了老年斑

鹰

单飞的旅途没有计程碑美好地耸立
你深情的寂寞是无垠的晴空
山的胸怀中没有柔软的羽毛
渴望简陋的新巢只能成为渴望
你无树可栖注定你属于飞翔
静止自己如失去翅儿
也成为嬉童无线牵引的风筝
作为游戏的样式表演青春

随时准备一场空战
你的名誉已不能使你困
对手们在山的背面组织一场围攻
阴谋消耗你的热情后
并且说是为了一种不应该的爱情

背依北风
你的飞行抛出许多悲壮的弧线

一腔鹰血煮炼满身雕翎

昂起头颅

逼视风声

荒原之夜

一串火红的弧线跳跃着
烧断圆形的夜晚
心的律动突然又注入兴奋的血液
想象　开始在断裂处狂奔

没有惊叫来润饰狼群出没的荒原
拉长的亮点聚集着一双双追踪的眼睛
瞳孔　火红的瞳孔　跳跃的瞳孔
放大　放大为一个想象世界
夜的波涛浊水排天
荒原渐渐从脚下滑去
那一张张红色小帆逆风而进
终于举起燃烧的翅膀
汇聚为黎明太阳的船队
向陡峭的塔顶
开始爬行且渐渐远去
瞳孔　火红的瞳孔　跳跃的瞳孔

放大　不断涌来美丽的磷火
不然这荒原夜该多么孤寂

火舞

夜风升起无数星星天空撑开银色的花伞
点燃火把跳不再寂寞之舞

笑声飘旋磷火窜动
这样我们就很像沾满油污的兄弟
踏冰雪荒原以硬性会死去的精灵
别起来
以均匀的律动领悟舞之语言
以及明日荒原的星空

火弧飞舞摇曳于熄灭之前
斗转星移荒原风涌起岩河浊浪
荒原的毛发骤然勃起千年野性
雪想升天便刮向天空不再纯洁
雨赶动铁皮房如沙石顺流而下
然后太阳突然冻结所有希望发出惨惨白光
而又猛然热光跃起臭汗蒸腾

那是一片粉色的宁静刚刚停留
舒缓的舞步又火光窜跃旋律骤急
阴森的泥浆终于不满钻头的进击
丑恶地涌出地壳弥漫井场
汇合深夜潜伏的浊浪耸起暗礁
钻塔沉重地搁浅桅杆挣不脱死神的黑绳
帆又在覆盖遗体
荒原又在举行无名者的葬礼
悲歌升起

幻化为一片晚霞飘飘浮动
思念悠扬地散步孤独也走向远方
酒碗跳动着幽蓝的火焰烟在弥漫
所有的舞步暗示青春期难以发泄的苦闷
而心仍然属于热火
一些巨人在火中舞向高空
大地涨起一片激动的欢呼声

荒原圣母

省略去许多散乱的野史
把千古思辨的精华
深深地融入你盛世界的胸脯
坚硬的岩层如理性的巨网
安抚着那不断涨潮的黑色涌动
莽莽之枯黄毫不修饰地
笼罩着平静而圣洁的面孔

等待呀，微闭美目流淌过
遥远的夜空又滑过几颗
应该陨落的星星
匆匆的商旅又去追踪只发光的黄金石
天边终于闪现出成熟的雁阵

一队遥远的膜拜者理解了你
因激动而失去的愤怒
（虽然你是女神

也正因为你是女神……）
一路的灾难给他们淀沉的勇气
加上男人气　就涨潮了
搅动起从没什么敢搅动的白毛风
为两条洁白的飘带献在你的胸前
同时勃起一座座钢铁的钻塔

平静得神秘的是你缱绻的瞳孔
在一片新婚的气氛里摇曳着羞红
盼望终于在不安中分娩为新的愿望
当来迟的青春和永恒的光环逝去时
神的概念逐渐消融于隆隆的音响
晚午也不再永生地飘踏寂寞的白云
永远逃避了教堂的钟声之网

红树林

在远峰的隙带边成球状的火团
伸向天空的多条臂欢语着
是红色的布练群舞为博大的群阵
迷蒙的晨曦永远失去她永恒的丽色
在苍茫的夕光之下
预示夜晚将是如此辉煌
辞别白昼的阳光把属于自己的时间
饰以愉快的花色纹
再也不能窥透幕下唯一的谜底
你天然古朴的肢臂播满新鲜的旗语
向远海传送不断升起的冰帆

走进版画的纹路你的头发飞扬
理性的光彩驳落了受湿的漆粉
拒绝山的气氛改变你肤上的红润
把柔软的歌声扬动如真丝的流苏

朦胧的意态笼罩你洁润的粉颈
洞烛之火飘忽于远方傍晚的黄钟
风无意掀开林边的小路之门
把熏透红衫的草香弥满心扉
远离无日的森林似走入自己的梦境
在手隙间滑过丝细的红雾
那片红红的树林虚披白袍
款款飘动向我走来的一定是你或者我自己

渴望升起感到我的长发如你的颀枝
在飘向高空与远方的瞬间如猎猎红火
与你同在的山岚痴迷于你的诱惑
兴奋的心耳亦如栖息你身边的鹿群
童话的叩门声从内心响起
就这样完成一次永久的伫立

海神树

你咸涩的光环逐大水而波动
在每双期待的睛子中幻为日轮
保持新生的体温与旺盛的热情
于一片稠状的红雾深处深深扎根
顿悟为你绿芒四溢的形象
使每一种企望都在瞬间呈现
辉煌的绿韵
在你如仙须的根丛间做一次畅游
回泳的鱼感受到你滑软的体温
抚摩我的颊是一点可望已久的快慰
就拥有了一个博大的空间
可以如期放飞或者下潜我的鸟儿
体会凸起的天空与下陷的地腹
骚动为一声声海景中悦耳的鸣啭

我合十的双手紧紧地贴满一种愿望
暝灵的启示：让我与你同在

如此拥有海
我的长发倒竖为热烈的黑须
任永沉礁丛的古瓷瓶之柔嫩的胴体
游近我的长腿
把热烈而不枯的叶子升上天空顶部
落雨为帆
你永远伫立于浪谷之中
我永远劳累于无岸航程

古桦林

亭亭身影如月光浮动
潮汐在引力的推动下开始疯长
涨满宫廷史书太多的空白以至成为河道
兽皮穴绒留满温情的远日与光斑
半部野史如此暄软竟也源远流长
篝火蒸腾　你洁白之躯群舞狂蹈
线条未经雕塑就如山步散印于
留给未来行走的大道
终于不再考证你是男人还是女人

桦皮小舟驶向月海的深处
便不再搁浅于不断重复自己的足迹
马架子终于变成墓地　腿关节开满小花
而你自己也新生于黑土的怀抱里

女人的臀印紧裹着一次一次凋零的叶片
北方雪掺和汗味发出　诱人的音与色

鲜红的唇吮吸这混浊的乳汁
潺潺流入血管滴向那蠕动的胎壁
从此时间如不再干枯的河流
冲刷三角洲在她不断隆起的腹地
痛苦的田垄躺满宽阔的额头
愚昧和智慧在此做长年的挣扎
痉挛扭曲之呻吟踢翻陈旧的小路
胃张开所有小孔与眼睛盯着远方的山峰
红果与兽肉格外香甜却满足不了你的饕餮之欲
渴望酸汁秀美之唇泛满白色泡沫
弓起身形手与脚都向上攀去
莫名之念诱惑着你
同时一滴一滴渗入你腹中不断成熟的大脑

有一种人没有出生就已开始跋涉
白皙的多条腿终于最后一次伸长
峰谷之中传来强壮的孩哭

雨林

盘旋下去　恍惚如你无边绿幕上的亮点
说是已在你的面前却是从未相识的鸟儿
于你藤儿裸露的底部筑起空巢
就不再去想如何寻找出口的暗记
就没有一丝惊悸滑过你柔柔的声带
放歌在子夜的月辉之中　原始的气氛
再次掠过　又很快弥漫你的视线　启示艺术的萌动
成为诗歌的女王却没有宝座
没有空间却拥有无限土地
敞开的窗子　你的笛音委婉地悠远

内心的红土里只有几棵苗儿摇晃
无限的隙缝里空空行风走雾
每日中午看地气冉冉上升　总是如此
把无色的水珠滴入脚底
轮复为一种伟大的虚无与孤独的光环
播满你的周围是蝶粉花蕊的静穆

让偶尔误入歧路的人们感受光的抚摸
成为远处雀鸣以及幽默的反叛
以和谐的东方形式走向一架连接自我的桥

远方的菩提

走过一条晶盐堆积的梦路
它的反光在我的野风中呈现出幻想之楼
没有暮鼓肃穆无人带的晚景
尽管我已如风干的木鱼停滞在无水的路床
长不出翅膀的细骨失去最后的腥味
成为幻想的苦难埋入了修行者的底层
仍旧把化石的胫子投向远方
一棵菩提的下面
一个无名的女人等待在野路的旁边
她的脚印下面一定是汩汩泉河
把自在于黄昏时分点燃以后
任何巫语都失去了炫人的色块
唯有你隐身于秘密的节庆之中

穿过村庄的瓦砾
尽管你的语言能看破地深中的古穴
招摇它的万碧金辉为自我的光轮

在絮黄的经典中发现悟禅的意义
还是走去吧　超越一片升腾的紫色
回归只能成为一种愿望
尽管有许多满头白发的智者
转过身来回望那厢春丽之色
人群仍旧只有一条道路并且走到尽头
闭上自己从未有过如此光芒的慧眼时分
把一个临死前的顿悟永远埋在心之深处
不再有人知道而后人变得树般愚钝
竟能沿着一篇古文指示的路走向某种主义

北国红豆

你该不是南国的情人吧
为什么远离了青山秀水
染红北国的大山呢
难道是为了很久以前的盟誓
思恋那个披松林和白雪的硬汉子吗

你是赤道上太阳的女儿
血管中流淌着太阳的血浆
可你还是来了　在一个夏天
从野蒺藜和苁蓉的视线里
勇敢地出发了
在北国的苍绿中安了家

我叫不出你的名字
可我不再怀疑

拾几粒放进嘴里
啊　苦涩中带着香甜
就像北方的土地一样

谒鲁迅墓

转回身
又一次读你肃穆的神情
怎样在松柏的环抱下
再生为一棵时间之外的松柏
以至每行铭文都是横眉下的眼睛
是火

你终点的藤椅下
长出了和平的风景
在你最后一个脚印成为纪念碑后
已有许多条路默默地延伸
拓荒者在你倒下的时候
也在大批大批地站起
当一个声音成为旗帜时
天空下滚过成群的雷声

泰山笔记

站在山下赞美山峰
总是抚不到高傲的云
你的巍峨
足以诱惑我站向你的肩头

人间烟火是一细带飘动
仙庙神寺的旗高在山林之上
然后凭电缆车的速度
炫讲两壁风光
很快就站回你的脚下
回头猛见
山依然巍巍屹立
赞美过日出的人
正踩着自己的豪气下滑

南京诗人角

下一个路标很兴奋
你的目光里我飘动着
不只为这块陆地
远行者视线尽头的惊喜
还因有一种尊严背后的名字

如同驶进美丽的人工湖
不想看到岸边陈设的游艇
就放慢脚步的秒针
慢慢地踱过这醉人的区域
并且回头致意

风雨淀山湖

在你那翠雨击玉的清波中
我听到黄浦江涌来的悲风
漫过上海滩击荡旅行者的帆
视线再一次越过湖岸
看岸边俄特式灰色的尖顶
在风雨中化为历史的笔记
尽管霓虹下的画布
留满我兴奋的足迹
仰首叹天时
仍是骤雨纷纷

不该逝去者的墓

不是节日里的相遇
你们隔岸望我
往日的鞋子太沉重
你涉不过历史的水

碑立着
眼泪开始风化
一种草似的思想枯黄了
叹息很方整
成为小路上的砖
默默地向新路伸去

你们曾很年轻
思想与身体被舞动着
当子弹溢出血如咬破的青果
你们就倒在了地上
让坟草摇曳着一种启示

晚唱

面对远方的落日再一次远去
回想钻塔昨日的风景
风就习惯地穿过身边和荒草
又渐渐远去

远方啊　那朵异色的梦云呢
将以怎样的声音呼唤我们
迈过新道走向城市的绿茵
走向梦里旋律铿锵的舞夜
即使化为一粒棋子
它的光亮也一定在节日的脸上闪烁

伫立成为一种习惯时
歌唱是一种快乐的孤独
我们可以抚摸远方的歌声
草原博大的胸腔中恢宏交响的
是我们夕光下的晚唱

没有什么漫过此时的天空
我们的歌唱属于我们自己
像眷恋昨日离去的荒野一样
我们的新歌将再次于异乡飘扬
唱下去
我们终于成为黄昏的风景
也会因一次偶然的邂逅
走进画的殿堂

跳月

在该唱荒原之夜的月晚
你的一湖清辉没有柔柔地流动
只有篝火熊熊烧沸一腔烈酒
尽情地舞蹈
涂改荒原的颜色

我们跳月

寂寞的昨日是结束初恋的夜晚
站立在今天的野地上
禁不住飞奔的欲望
仰望月辉你的舞步挟风而至
炽热的情绪在野风里一丝丝清凉
钻塔般地举步超越你渺小的躯体

旷野里到处是你铮铮铁性
是轰隆隆的旋律骤急如雷雨

月色也显出怯懦的温柔
云隙里一张洁晰的脸若明若暗
就沉下头去甩动长发
昂起头颅
力的双臂再次向天空伸起
不但托起自己的钻塔
也托起属于自己的土地

诗人漫画像

1. 早晨的意象

揉开眼缝
盯住窗花间猛然逝去的亮点
你瞳仁里燃起烧天大火

胃肠空空而指关节咯咯作响
书房的边缘缀满星星
月光如血从指缝间溢出
泄出房门为青春大潮
你在游泳
乘坐皮鞋之舟弹笔狂歌
没有航线
也不屑插满小旗的水道
你看那黑色的礁石多么美丽
这样就冲过去
你缓缓升起

手浪漫地抚摸白云
足又跌入意象之谷艰难地挥舞
无数小生命沿着根根长发的跑道
飘洒银针如泪如笑如雨
大路上倒下一片贵人
且捂起薄薄的脑皮儿
骂声四起

2. 早到的黄昏

每日黄昏到午夜总是失眠的时间
有一种情绪撩拨着你
你总觉得有什么没从衣袋里掏出来

看来往的行人
像参加一个诗会
你的老脸上流露出温柔的微笑
在诗没有写出之前
你周围的风景和你一起
变得异常荒诞
应该有另一种娱乐
你更年期到来之时更多地想起新婚的事
如此吃完晚饭不想说话
逃出房门

淘金者的圣山

远远地　一群人走来了
膝盖吃力地指向天空

那和天一样高远的远方
远方是幻想者的乐园

孩子们长成一座村庄了
父亲就埋在脚下
（头朝金山
琴声响动那把掘金铲）
父亲活在山上
仍然保持着拜山的姿势
这个姿势后来就作为家产
传给了后代

后来也不知道又死了多少个父亲
临死前他们总要感谢山给了自己儿子
后来也不知道是谁把山
称为父亲

酒神的敌人（组诗）

诗人与酒

在没结婚之前
他就成了诗人
人们在酒桌前
都在重复同样的一句话
斗酒百篇
后来这句话真的应验了
他的名气越来越大
到处都在传说他的海量和才气
于是他整日摇摇晃晃
这种姿势也成为第三代人的风度
一个女孩爱上了他
她怀孕时人们都闻到一种酒香
都预言她将生下一个才子

孩子出生时人们都很尴尬

孩子是个痴呆的孩子

醉人童话

那一天他赚了钱喝醉了酒
于是那天晚上
有个姑娘从此作流泪人

醒酒时他已在监牢了
从窗口射进的那条窄窄的阳光
让他想起了妻子和家具很温暖
他痛苦地哭泣
酒从泪腺汩汩淌出
他似乎猛然清醒
他口口声声说该死的酒呀该死
那么
是酒毁灭了他呢
还是他败坏了酒

传奇

那条酒巷的路他走了一辈子
他一辈子都被街坊嬉骂着
他觉得这是一种奖赏

后来人们不得不对他另眼相看了
奇怪他干了那么多坏事
却　始终平安
他在犯罪与守法间探索了多年
他成功了因为他很富裕
（现在富裕是最好的说服力）
后来他不再往酒里掺水了
走出小巷转动机器搞活经济
于是那些昂贵的茅台空瓶
神秘地走来
于是他生产的茅台的廉价和他的名字
很是响亮
买酒的人心领神会
转身的姿势很诡秘
这些酒瓶于是沿着一个暗圈
开始跑步
反正买酒的不是喝酒的
最后大家都朦朦胧胧了
最后大家都得到了酒波上
浮起的叮咚悦耳的金币

梦溪·沈括

1

昨夜梦溪的琴鸣没有中断
就有一座城市从你的指间崛起
那在梦中辉煌如火的是你吗

2

披发再歌
你的思路是大群黑色的蝙蝠
绕你而歌的
是一团团唯你能见的三焰圣火
就有一座铁塔狂傲地
超越古建筑的高度
同你的长发站在一起
你的身体发黄的历史淹没不了
那册笔记　有猛犸鸣叫时

看到古人的目光如悬空之桥
向今日走来的竟然有你
而我们从哪里出发走向你
我们都会拥有同样气味的星座
以我们手中的大钳理解你

3

是你在平台上劳作吗
天空的星星依稀如往日
有一些女星小虫在谈论梦溪的旧梦
遥望大地
你书牍上的烛光恍惚为万家灯火
新华夏构造体系已如孩子的积木
李四光登上高高的兴安岭了
李四光潜入深深的松辽古盆
他的目光你似曾相识吗
你的古发在他的头上摇曳月辉
那是同一轮月亮吗
你的眼睛流出的不只是眼泪

4

梦溪因升起的那枚小太阳

古老的象征明艳艳地开放了
“大兴世界”的口哨
在松辽平原震响为第一声
地震炮的轰鸣
也是你忘川之旅的一声长啸吗
看到你的声音林立如塔
终于分不清楚是声音还是塔
一队队你的儿子如夏娃的泥人走来
我们总是以雄浑的笔力
在每个经纬点上书写这样的四个汉字
中国　沈括

四象（组诗）

我国古代选取角宿等28组恒星称为二十八宿，又分为4个部分，即青龙、朱雀、白虎、玄武，合称为四象。古人用它们表示太阳不同季节在天球上的位置。

青龙

唤你为苍龙
就有闪电在星图上跳跃了
东方七宿画你为无睛之龙
而当你代表了一个方向时
就有亿万子孙挥舞大笔
祈愿你飞翔

夏季温情的黄昏
中国南方的天空神圣起来
夕光下你肃穆了无数黑色眸子
丢掉神的面具之后

有角有心有尾也是人
闪亮的都是东方的心和眼睛

朱雀

与狮子座挟风而至的是你
春日的黄昏为一只红鸟而歌
那你就停下翅膀
看人间的烈火把南方的风景烧红

鹁首又一次遥望太阳
把情人的脚步留在春季
柳宿之火是春情之火
你拥有通往南方的路标
寂寞的天宇不再寒冷
看许多火雀逃离星座时
你的胸中充满悲壮的热情

白虎

听到你的长啸了
此时中国冬季的黄昏
正在下雪

又一次看到古人的胡须白白的
在你的身边永远化为大气了
你再也没能离开你的椅子
觜是左眼参是右眼
似有泪光闪亮之后落为雪

古人说西方是极乐世界
你的西方很快乐吗
奎宿之尾又一次孤独地扫过

玄武

在龟蛇之间
你被猜想了千年
而唯有向北的方向没有改变
曾有许多双脚仰望你的高度
并且危险地向你走去

抚摩斗、牛、女，你的孩子
脚下是南方秋季的黄昏
而你是属于北方的
路很遥远没有里程碑
方向从此真的成了痛苦的方向
你的手永远虚伸着

北方的柴门没有敲门声
虚、危、室、壁也是你的孩子
在你的身边重重缠绕

四月的尾声

就这样
四月唱完了最后一个音符
当强劲的翅膀再一次
为冬季风打扫脚印
车轮下涌来兴奋的解冻声
雁鸣在所有的马达中回响
荒原就开始撕她枯黄的裙子了
泪呀水呀泥呀冰
没有梳洗就舞蹈了
既然春在地质图上
闪几缕星光
就不管信风也反复无常
她心海的深处一定有许多歌
只缺少翅膀
钻头就不再描写平面
铁色的风旋转着铁色的躁动
看轻浮的表土如何消逝在晴空

每个沉睡的断层
都恢复以血肉的涌动
自由的韵律　扑向天空
一股黑亮的生命
加入季节的飞翔

钻塔的生长就意味着许多死亡
岩层的格律零散于新的节奏
那就在死亡中开始吧
合成塔里将涌来新的读者群
地质期复苏的生命
就这样在结束中永生

晚日

踢出道路任遥远的牛皮鼓奏出我的心音
波澜起伏的不单是我的心海难以平静
一介莽汉挟风而来复踏史辙
领略洪荒之悲壮　我们这钢铁的一群
荒原有许多路
又有许多中途折断
一叶孤舟（钻塔）跌进岩海之薮
勇士将最后的英勇紧紧贴在浪尖
片片黄金甲如你的碎片转眼逝去
尽管血红的牙齿早已脱落
而巨口仍然仇视远来的征服者
一枚古老的铜钟
死亡之音的蚀粉飞飞扬扬
弥满所有通向地宫之路

无名草奋力摇动它窄小的脊梁
惊恐地承负这沉重的足音

站定在你无边的视野
开始悠闲地想象你的未来
你的衣襟生满茂密的红色之塔
无数小房飘起炊烟
她的瞳孔流溢温柔的目光
而我之鱼
游向你地层深处的光体
鳞片闪亮染满阳光
鳍紧紧缠住岩泥的旋浪
踢开地质期中各种狰狞的面孔
寻觅你及自己
直到成为你最彻底的叛逆

梦婚

荒草的纤脉上凝聚了细碎的红雾
婚期又一次临近寒冷的夜晚
没有什么能停止远方女人的星歌
把薄薄的梦纸如期戳破
就有一双清晰的秀手
抚摩你布满风尘的前额
夜下的雷莽贪婪地漂洗夜色
梦人在新道留下歪斜的脚印
系紧衣领的瞬间感到灼热的胸火
很想走得很远
去温化两行遥远的情泪
就穿越无数条地平线
以至伸手就可以抚摸圆月了
而春的太阳仍在无路的远方蹀躞
一座钻塔的影子在行走

走到哪里哪里就是梦的营地

没有陌生或者熟识的面孔的荒原
拾起几根纤羽散乱的鸟毛
在无碑的里程中弹奏带有铁性的心曲
穿越漫长的雪野之后
铮铮有声

安全岛的风声

城市在世纪的转弯处没有刹车
汽车淹没陆地时
这唯一的岛的四周
便充满了令人怀疑的风浪

停留在你双臂的房中
儿时的玩具车没有驶进城市
惹你的魂痴痴想那遥远的家乡
那无路的田野
为什么走上这孤岛
脚被车轮排挤时
耳膜也被风声鼓破
不可回避的路
仍然要继续行走
那么就以这交错的路
强加于你纵横的脑际
当唯一的安全岛失去时
人生到处都是战场

飞升

转过路标
在你的晚年额上慈辉如祥云
走过墙壁之后
拂尘前的隙影里到处都是路
鱼鸣在根丛中飞翔为森林之鸟

焚烧柴门的仪式弥漫空间
人们浓缩为鼻孔
感应这难以拒绝的气味
成仙不在于修炼
而在于顿悟
飞升是不可避免的青春
虚与无的云是一笔财富
悬在脚下

蛇道

只有一张干瘪的皮铺开
一组神秘的几何花纹
背后没有白色髅影
而多少双眼睛
悬漂为路口的游魂
安全线之外的舞台上
摇滚着各种颜色的光环
尤其现代以至未来

是一个医生行色匆匆
新闻都说他误入蛇道
大家都在谈论他的不幸

死亡的脸一点点露出雾外
似乎象征点儿什么
生命在蛇道上变得很具象
一丝丝快感涌起如红润之潮

漫过晚年的残岸
蛇群舞蹈
柔长的信子吐出指端
头发伪装成伸向空中的树枝
发现自己以及你们
一块块陌生的领地
不仅仅存在于人生的背面

北回归线

缭绕于明洁的额头
你的纤纤秀手无力落下
注视通往南方的小路
你成群的乡魂
回望这一线青青草地

你的泪腺之下必有一泓深潭
使路两旁的野花招动手臂
回归成为一种习惯
而分别总是在相逢的焊点断裂
背你远去
以至那长久的盼望牵动了你的渴望
迈开双腿
走出自己的终于是你自己

北回归线是一个女人
是一个远远的期待悬于云隙

高高地牵动万里之外的痴人
而只有存在遥远的相思
才浇灌了你动人的花树
走近你成为你静立的企望
离开你
你永远美丽　在人们的背后
那么北回归线一定是女人了

北方的鹤

不能结束你情期的单飞
在广漠的空宇画乱你没有目标的弧线
鹤鸣被无形的风吹得很远
没有回音的地面与这方同样在一种灼热之中
不可触及的美腿只能屈曲于天空之中

感动欲冲出羽围的孤愤
在凉丝丝午风中没有一丝清凉的快意
不知道自己的旌帜下将译出怎样的旗语
唯有无路的苇塘
隐于远离道路的深处
你黄昏中的瞳镜晶泪闪现
充血的红顶又一次涌起情浪
冲向一片晕眩之后
又一个空空的圆弧画在你的身边
早到的寒气抽打心旗凛凛战栗
沐漫空天雨

一羽白色的翎儿飘旋而逝
作为一个败者的形象离开土地
而此时只有无鸟的天空
属于你

雪歌

没有花期的节日就这样
覆盖了北国的日子
是你随风而起的婆娑身影
走进了普通的人群
童话的国度里
庄严的建筑披起轻纱
圣洁的孩子唱起心中的诗篇
是你白色的歌韵
流淌在冬日的大街
流淌于一队队流淌的人群
不再拭去融在长睫上的雪泪
沁人心脾的清凉
撩拨着城市冬日的情绪
冰天鹅就这样扇动玉翅
提前飞入北国的春季

黑神

当所有被打捞过的历史和荣誉
被浪峰举向阳光而风化后
很自然地拾起因我们而随处可见的色彩
无意识地涂抹北方版画般的线条
剪裁成杠杠袄　象征我们自己

荒原，真有点像我们
缺少什么就渴望什么
幻想一些我们也知道只是幻想的东西
尖烈的白毛风习惯地挖掘
我们宽阔的胸脯
而情感野性的河流
就冲刷出一块块充血的肌肉
每块肌肉都是一座黑色的小岛或港湾
以燃烧的目光永远抚摸远方
洁白的小鸟或帆
没有希望也冲动也兴奋地高喊

而此时血也必定掀起烦躁的浪潮

那些白色的小海妖终于消失了
迷人的歌声（本来就）离我们很远
敲不响心底的钟　虽然我们很愿意被迷惑的
而汹涌的季节潮便只能冲刷空白的港湾
偶尔飘来的明亮画片诱惑着我们的想象
更多的能量只能交给钻头
钻头也发泄不完

这是季节的力量（我们正在涨潮）
大碗酒雪茄烟在眩晕中
永远寻找温柔的小岛
而我们自己就是一座座坚实的岛啊
粗壮的胳膊却挽不住一个实体的梦境
为什么那美丽的光环总搂着城市的脖颈
难道我们是神我们就要远离烟火
我们不明白　因此我们　发问

死水波澜

月末的站牌是一种情绪
明白了多少年前的一天
我为什么没有译懂你的暗示
递还那册残角的书后
扣紧学生服
然后向没有路的地方走去
并且称这样的痛苦为幸福

昨日的记忆大块大块解冰
额前的长发如藻类舞蹈起来
听一个女孩没有痛苦的儿语
她希望每辆经过身边的车
把她带到远方　远方究竟有什么
真怕你的眼睛穿透明天的岁月
怕你问起昨天的故事
今日的风潜伏于预报的下面
向我偷袭

心河的两岸有一种东西在坍塌
一桅刚刚出走的帆折断于水中
昨日无水昨日是冰
冰是死水吗
死水还起波澜吗

钻塔群

1

那是许多南方和北方的血精之归宿
聚集于一个冲动而奋起的身躯
流罢江南柔水之后
敲太阳之铜锣向北　向北
冰冷的死板的重新组合
组合为一群群复活的生命

历史终于选择了中国　荒原
隆隆地崛起一座座钢铁的山峰

与新生的太阳同令你们与太阳同一血型
便不再去羡慕西方时髦的雁阵
重新组合我们的方阵以自己的大号命名

命名为一群群生龙活虎的男性

强健硕大的肺叶畅快地吞出淤积的屈辱
也吞吐沧桑变幻的风云
身上流淌着父精母血
你们铁骨铮铮

2

化为灵感追逐洁白的终点
扬开四蹄也像野马群追逐草原
是错动上升的山峰唤醒了
与你外表一样坚硬的血性吗
日神的长鞭就轰隆隆地
放牧这群铁的生命
是野马群永远陌生霓虹世界

又不是野马群蛮性地遗失脚下的土地
雨如山峰之头浪漫地抚摸白云
手臂却在地下挽成绵长的生命线
而此时体内的每根神经
都绷紧为条条钻杆
血管便再一次涨潮
涌束遥远的涛声

3

是你第一次叩响了城市的风景之门
那飘动的云深处回响着金属的锣鸣
于每日的清晨和黄昏
肃穆为心海的暮鼓晨钟
有了一种声音在城市的喉管中涌动
从此我们的城再也不单调空洞

可以听到那条黑色河流孤独的涛风
可以看到太阳那悲壮的滚动
可以听到老人斑褐色的情绪中
也有记忆在沸腾
飞累的红蜻蜓怎样在阳台上停泊

4

很喜欢荒原这老女人那温顺的美
沉沉于久久的宁静里我们疯般呼啸
贞洁的红润从两颊悄然升起
喘息在崛进中失律
放大的汗腺疲惫地张开小孔
望不尽时间流逝　日进尺月进尺上升
孩子呱呱落地的哭声

而慵懒的双眼
此时只滑过几颗出汗的星星

既然正统的塞风不可能赞美你
刮碎后的天空想窒息你的思想
就把更多的桅高高耸起

并且　扯满钢铁的帆
于是每双瞳孔都择昼夜燃起航灯
把风想掩盖的秘密交给火
然后向岩层客客气气地挑战
此时你的脚下是深入岩海的
铁锚
就有地质师的月光追逐你兴奋的波浪
去冲击化工厂冲击合成塔
你年轻与铁的冲力
让一切都在这冲力中轰隆隆地裂变
以新时代的名义重新命名
古老的土地以及我们自己

5

我们是凶猛的钢铁的残忍的一群

我们落入荒蛮但我们从沙漠来从海洋来
我们就是热情我们就是大海何况我们还是钻塔
可我们是人是一头头有血有肉的猛兽
和野兽搏斗时我们必须是野兽呵
白毛风是野兽花岗岩是野兽泥浆柱是野兽啊
我们比野兽还凶猛还野兽
而每当此时我们很自然地抛弃人的私欲

我们必须保护脚下的土地
因为我们知道土地就是我们自己
那广阔的天空莽莽大地是我们威武的鬃毛
而我们更学会残忍疯狂地喝土地的血液
来强健我们的骨骼强健父亲的骨骼
而当我们如夸父般轰然倒下时
化工厂或一位东方人则昂起他
高傲的头

6

走过漫长的地质格表
你的足上留下了光亮的灰迹
你苍翠明丽的人生
开始于忧患的青春
注定要从野草的根丛中

领悟荒原的苦涩
如草干般响亮地拔节长起
每条叶脉中滚淌的汗珠
都顶着一轮年轻的太阳
于是就有人听懂了你荒草摇曳的梦呓

跳跃的篝火边你向夜晚弹奏的心曲
空寂的田野一棵疲惫了数年的铁树
在惨白的碱滩上渴望海风的抚摸
一叶小帆怎样没有终程地漂泊
茨冈歌手那浪迹天涯的笛声
超过了霓虹下缥缈的金歌
而你注定要根植荒原
如一队无边的野马群
为寻找而奔波

远古的恐怖乐园（四首）

雷兽

新世早期的阳光煦暖时
你的梦没有结束
醒后你永远错过了美丽的机会
湖水里你的巨鼻掠破最初的宁静
只此一声大吼
一些鸟儿的天空从此被折断了

随历史一起增长的是你的体重
你的角如行进的山峰
越过渐新世的长墙时
重脚兽也纷纷逃亡

恐鱼

裂口鲨属从你的流域逃脱时

泥盆纪晚期的江水真的成了泥盆
你的牙缝间浊流激荡
向那束可能会有的航标
暗示死亡的凶相
皮如金盾
水神的最后一次发怒有气无力
看鱼族的时代怎样属于你
看你的时代河水怎样血气翻滚
你的化石走进博物馆时
许多孩子梦中传来呼救声

蜥螈

在我们皮肤上爬动的一群

三亿五千万年前的化石之卵
生出的儿孙仍然在慢慢地爬动
水中一个世界
陆地一个天空
你的乐园周围布满警戒线
蟾蜍的音乐
鳄鱼的回声
你们的舞蹈从古跳到今
无人敢走近你

你的棘皮成为最恐怖的武器
担心你爬出图片向人类偷袭

翼龙

从盆地爬向天空的野兽
在遮住阳光的羽翼下
冒充飞鸟

白垩纪的云雾里你的丑尾
作降雨状很久了
骗取近视的蛙虫歌声一片
只有天空无可奈何
任何丑陋的翅膀都可以飞翔吗
那些善良的动物
仰望天空时仍在幻想

记忆风景

陌生的手拉不动你的窗帘
夜色在你的房间中大面积泄漏
今晚的灯光充满了可疑的波动
诗歌的符号风起云涌
谁被激情折磨着

你的秀腿被举向空中时
我的双脚应该落向哪里
睡衣的纽扣星星般丢失
重温儿时戏水泉边的梦幻吗
你充满甜蜜的果子悬在高高的树上
一次次在无水的房间学习游泳
锁外插满禁航的风旗
而无臂的男孩只能跟着你的双脚
并且说你不能离去
直到看我睡去的姿势
怎样在你的记忆里留下位置

不要笑木偶被雨折磨后的笨拙
它的线索牵在你的手里
它的脚下无路
不要笑　然后闭上眼睛
让风暴自然退去

八月

红叶上的水珠就要滴下来了
我想起一种奇怪的分别
不会追赶着列车作迟到的送行
而每个车轮都在记忆的深处留下印痕
在那个小站你是一定要下车的
回头遥望已是陌生的风景

固执地回想一张课桌上的图画
以及你那双永久晾在阳台上的眼睛
八月在你的身后单纯得如走硬了的小路
在雨季里必然一点点地润软
那双男人的脚窝里一定盛满泪水

大城市的钟声一天天多了起来
它们总是不会一同响起
有些时间刚刚走逝又匆匆归来
一只麻雀被错乱的律动折磨着

谋划一次次悲壮的逃亡
却总是发现翅膀已被偷窃
看楼群里那些精制的巢儿
悬空摇曳着一串金属的钥匙

你一定站在九月的田里
视线里充满了森林的气味
假期的远足又一次轻轻走进分行的诗歌
失去结尾就失去了方向吗
终点必有一只雀儿的新坟
北方的蓍草在节日里摇动泪雨
你会看见他很兴奋地飞着
在结阵的队伍里
很快就失去了自己
八月之后出生的儿童正在横穿马路
七月的印象在他们的脸上是一块光斑
告别八月的小手已经挥在记忆里
让他成为你的学生
真正感到季节的叶子温暖的抚摸
并以这种方式亲近我

蓝

只因为它此时属于你
今夜的天空才没有雨云
不能坐在你的身边
以另外一种颜色和你站在一起

不会有往日的阴郁漫过今日的门口
你还会漫不经心地离去
留下一声叹息我也不会再次犹豫
在活着的同时痴想活着的意义

会有一双酒杯的圆口上
燃起蓝蓝的火苗儿
烧毁先人苦心经营的哲理
不知道迈出的是否是自己的脚

至今尚存一丝殉难勇士的悲壮
在夕光下泛红为动人的风景

只有独对记忆的我
徘徊于明日遥远的旅程
不管在何时何地的荒野
寻找我永远找不到的归宿
只要想起你
前面的道路就会坍塌
毅然转回身去
明明不会再次邂逅这片天空
还是把转身后的方向作为前进的方向
就这样走下去
相信会有一天走到你的窗下
聆听你与孩子的轻谈
并且企望有一句诗激动我自己

鹤梦边缘的歌者（组诗）

1. 回归的圣鸟

归去时总有如期飘来的云
移动我的视线在记忆里化为洁莹的光
纤细的苇枝于风中作惊危的摇动
而沉重的古老意识仍在它的根部
牢牢地扎向黑色的土地
一次次萌生为绿
一丝风把一朵苇花送在灼热的唇边
异地的土香温热你的孩子
那团黄色的绒毛在微风里张开翅膀
方向成为一种期待
北方那回飞的愿望已有无数手臂招动如林
以怎样的喜悦冥想那小岛
是涨起一片欢呼如初潮的江声

人们的视线再次柔软于碧波之中
苇林的微风把夕阳的残色摇动为一轮金黄的晚景

是那如期而至的鹤岛泊在静美的湖光
我再次感到塘边那架小桥
搭在了我的心间

2. 古老的祈愿

在一泓清浅的塘水中
沐漫天飞舞的苇絮如早降的雪
点点滴滴悬在芦叶的翠绿之中
河流的那端就流淌出和煦的阳光

你转身嬉逐诱惑了我千年
千年在远方望你翩翩归来的群阵
在土地的上空回归
匍匐于田垅的农人
每一声祝颂都飘绕虔诚的香人
洒一碗烈酒在流流号歌的浊江
长岁的仙禽只存在于淳朴的愿望

婷婷之鸣缕缕透过浓密的苇林
北国的圣地之外栅栏重重包围
禁地之内乐歌升平是一方狭窄的天堂
警语的背后也许没有猎枪

3. 妻鹤

白翎滑过修长的美胫
无数跳跃的曲线之环如乐符跳动
一群仙河的裸女拍响清波的浪花
视线的秀手缓缓乘风而去
触及你白皙的凝脂
一闪你那缀满七色宝光的晨露
纷纷坠落在我的手臂
一阵战栗使心旌摇荡
蒙眬的眼波痴迷于律动
鹤妻的故事又回归我温暖的小屋
不只是传说的画影摇曳于深夜灯辉
一行轻软的足纹
印入我的身心
那浸河江的气息的水
化为一声声动人的鹤鸣
流入我幸福的耳鼓
流过这片黑色的土地

虎

如初民的古乐不加润饰的旋律
粗犷如苍天林莽如许多山民的骨骼
不屑猎枪的描绘　　瞳孔更加凶狠
如松的针毛立起千面威风凛凛的大旗
罡风涌起星河浊浪天空颤动
那是黑土地滚滚波浪腾空的一击
许多黑黄的肤色迸射旋飞的精灵
云涌起雷的吼声是白山群向上的一跃
而山峰森林河流如乐符急不可耐地
汇入千丈谱纸
所有的耳鼓破漏纷纷跪拜
额头的威风放射出凛凛金光
纵身一跃早已踏破许多高举的神龛

想升天的狡黠在牙峰里拼命地号叫
血肉的泥流冲刷出人世的断面：
使卑屑者更加卑屑

使威武者更加不屈
如你一样倔强的是足穴里走出的民族

山的血液伸出小手吮吸声波而生长
靠山靠水的土壤　你不灭的精子终于
蒙生为古老的部落散发着诱人的金黄
山谷里游动着一个又一个无名的村庄
而所有的枪口都举成森林
面天俯地祭颂他们古老的图腾
粗犷的雷歌在空阔的山腔回荡
关在铁栏后面的威武渐渐滑落于冷漠的视线
虎皮金椅也终于因缺少骨骼瘫软在一册册野史
唯有那奔涌着虎的山脊之上
始终站着一位企盼的
东方少女

古歌

夜晚是狭长的巷道滑去细细的寂寞
沉沉古原涌来绵绵不断的雄风
麻木的想象几何数般裂变为大块大块的云
两只眼睛格外明亮地悬在夜空
听悲凉的古歌弥漫荒原
打湿我的衣衫吧这遥远的歌声
如透明之雨骤然来临浸入肌肤
塑我一副身躯在此平平夜晚耸立
我的目光也将流出瞳孔如灿烂之霞
震慑所有眼睛的是复活的朝阳

那滚滚而来的涛声泄向我稚嫩的耳鼓
一个骁勇的民族在血管的大道中奔突
纷乱的马队踏碎轻平的谱纸
旋律借助闪电的轨道滚滚袭来
没有威武的服饰留下渲染发黄的画面
白光闪动印下永恒的歌声遗落空旷古战场

从所有永远陌生足音的草脉上汩汩流来
如没有河床之河流超越时光
喧响在这荒芜的土地悲壮苍凉
以歌声以魂魄再现激奋的时光

冥冥幻想终于坠落于黑夜的边缘
大口大口地喝酒梦也激起白浪冲天
而此时风毫不留情地掀开现实的衣襟
泪水便流得格外欢畅……

祭歌

1

布旗摇曳你的彩衣摇曳
族人的足愿在你的眸海之中
瘦成一叶苇舟
每声撕破声带之歌痉挛之波
缠绕一个个古老的星座
那双威武的天熊
为什么不能跳舞呢

2

心旌摇摇晃晃
卜骨的磷光绽开你肤上的刺饰
队伍就在如此悲凉的笑歌里
一次次缩短
子孩之啼

啼不出生灵的喜气
无可排泄的族仇
沉积在越来越宽大的坟地
渴望静目的篝火之夜
酒以及弦韵
流溢芬芳

山的那边已不再属于你们
就会在梦中爬过山岗
又一次次流失于土地

3

男人的一腔眷恋
能弯曲自己的膝骨吗
跪向土地
你厚朴的双唇上沾满黑色的土粒
那大块的野云此时载不动你的吼声
也没有兽皮鼓再次轰动冰排的暴动
转身离去
你的背影成为记忆打湿的故事
忍耐成为习惯时
结痂的伤疤深处萌动痛苦的绿芽
干枯的蓍草开满血艳艳的花朵

单弦之琴流过月色流过春光
没有流走的是黑松的形象

4

黄色的带旗缠绕山边的紫气
你的子民都以慧眼的明亮
窥破你手旗背后庄严的启示
以你脸上已经剥落的光斑
回答那一腔渴欲已久的相思
唱起旗谣打湿大片的乡音
就会记起明晨早响的角号
再次于你的背后催促你

5

凄凉的挽歌抽搐了你痛苦的脸
早有雷电滚动在你黑发的丛林
似兽群残酷的悲鸣
离开无雨季的男人蹲在柴门旁
看人群踏过林道又一次迁徙
是什么枯萎于无形失去光泽
企望天空的脸部虔诚至极
把仅有的双手举向高处

给我的子民

6

秋歌漫过那排低矮的木屋
狭长的石级响起沉重的足音
姗姗来迟却稳稳地留在家门
乐歌缕缕环绕又一个篝火之夜
群舞再次把深山的猎讯
狂蹈为一团团火辣辣的山风
你缓缓伸长手臂洒落一蓬纸雨
彩象的吉气便散发到每张脸上
转过身继续寻找赶山的新路
犁牛骚动在子夜也如撒在黑地上的星星

森林风

于是那宽阔的河道
潮头降生如虎吼令集了所有的鸣叫
为汹涌的交响滚滚而来
翠绿的毛发顿时欢乐地狂舞
以种种姿势发泄内心的欢喜
而大浪终于冲毁长满绿藓的河床
风里那飘飘长发转眼驶去
只留下新婚的气氛与撕裂的枝条
飘然落下
在僻静的土壤深处向往新的生命

保持奔跑的姿势
让后浪在你足后注入滚滚不灭之风
你的队伍浩浩荡荡
风还是沿着大道竖起一块块新碑
山谷的记忆已冲破茅屋的蒿草
心仍然充满了向前的渴欲

让那烧柴冒出得意的湿烟袅袅升为得意的文字
榛丛树荫里的白草也正移动五官眉来眼去
尽管钱币叮咚悦耳涛声也喧啸兀涌
于腐败的绿叶间长满新生儿的啼声

阴柔的肤色渐渐露出暴起的青筋
不断坚硬的头撞向石坝撞向新路
森林变为风涛之地
留下无数脚印弯弯的孩子
只盼那啼破的欢笑骤然涨起大潮
森林风失去石堤失去河道
天空永不停息的涛声
把北方的渴望毫不掩饰地托起
绿色的火焰向南流去

内流河

干燥的季节是枯黄的原野
许多异样的目光纷纷涌来
高傲的热带风高傲地
围困我们幻想的绿洲
血管中的热情
便最后一次落潮
热情的水分子迷失于干裂的天空
许多许多的愿望在河道中板结风干
皲裂为大块的粗骂涂抹村景
天边的路口没有雨云
而昂不起的头颅
永远向制造湿润的地方仰望

我们的雨季是汗水蒸发的季节
沉重的犁头忠诚地亲吻脚下的土地
雪道里凉冰的枪管飘起细碎的汗雾
一条混浊的河流淌出脸上深深的纹路

奋力爬上去

既然失流命定成为我的归宿

就不管信风也反复无常

传说山里的神仙还看护着宝藏

以及那晶莹的冰川

粗大的鞋印

踩出了水源的方向

后记

我们终究会再相遇

◎ 徐晓阳

我想有机会把自己的诗摆在一起比较一番是很难堪的事，仿佛看见自己正以一棵丑树的形式站着。我们对视着——可以看到一种过程，看到那诗的叶子在不同的季节飘落或者坠着。几年来，我竟然经常觉得最后落下的那片叶子，保留着完美的风霜和痛楚，飘落的弧线让我激动。我知道这种感觉是经不起时间的践踏的，是我的不成熟。因此，那被踏碎的叶子的断裂声始终伴随着我写诗的历程。但依着给自己打个句号，做个总结或安慰一种苦涩的感情与作诗的艰辛的顽固想法，还是把一些尚不能满意的诗聚在一起，敲门叩世，然后只好惴惴不安地等待破门而入的批判。当然您能表扬几句，我会因此兴奋的。也许正因为如此，我把诗反时针排列，把那些刚发表的或新写的，暂时尚能欺骗自己的诗排在前面。这实在不过是虚荣心指示下的小伎俩，只增笑耳。

生命的经验与我们能看到的自己的年轮是一致的。我想这是任何清高与才能所无济于事的。我的履历与经验让我始终不能突围自身的浅薄，从我的诗中你不难看出这样的幼稚。但我反对那种一边写诗，一边侮辱诗的潇洒。我虽尚不能以自己的理论指导自己，更很难虚心接受别人的理论而按着某种主义以及章程去写作，但我认真倾听我年轻生命的声音，并按这样的方式努力下去——把诗作为生命存在的本身，而不作为生活的一种方式。由此，我自信可以让诗接近形而上的真实。我将写下去，像不提忌酒与烟一样，任何摆脱的努力都是徒劳的。因为我信了自己的命，孽根深重、与诗有缘，终身要因为残酷挥霍自己的激情而受到它的折磨。尽管人类与自然的关系日趋紧张，核武器的威胁、臭氧、洞、洪水……坏消息频频传来，但只要我们存在着，就要关注生命。

以上的文字写于三十年前，当时，最后一个标点符号落在纸上，夕光意境涂满窗棂。那是二十世纪八十年代最后一个黄昏，残阳流动，要过节的人们显得紧张而烦躁。一些诗的写作状态历历在目，仿佛再次听到眉间川流纹水的喧嚣。如今，三十年过去了，斗转星移，好像一切都变了，但是诗情依旧，温情依旧，对美的坚守与对诗的热爱依旧。

因为有诗，我们终究会再相聚，时隔三十年出版这本当年搁浅的诗集，是一件多么美好的事。感谢使此集付梓问世的所有朋友们，以及有可能读到此集的前辈与诗友。深深一躬。

是为跋。

2019 年 12 月 31 日，哈尔滨

图书在版编目（C I P）数据

男人眉间的川流 / 徐晓阳著 . -- 北京：中国人口出版社，2021.2

ISBN 978-7-5101-7824-5

Ⅰ . ①男… Ⅱ . ①徐… Ⅲ . ①诗集－中国－现代
Ⅳ . ① I226

中国版本图书馆 CIP 数据核字 (2021) 第 035019 号

男人眉间的川流

NANREN MEIJIAN DE CHUANLIU

徐晓阳　著

责任编辑　姚宗桥　刘继娟
装帧设计　孙　初　万　爽
责任印刷　林　鑫　单爱军
出版发行　中国人口出版社
印　　刷　北京精彩世纪印刷科技有限公司
开　　本　889 毫米 ×1194 毫米　1/32
印　　张　4.75
字　　数　170 千字
版　　次　2021 年 2 月第 1 版
印　　次　2021 年 2 月第 1 次印刷
书　　号　ISBN 978-7-5101-7824-5
定　　价　58. 00 元

网　　址　www.rkcbs.com.cn
电子信箱　rkcbs@126.com
总编室电话　(010)83519392
发行部电话　(010)83510481
传　　真　(010)83538190
地　　址　北京市西城区广安门南街 80 号中加大厦
邮　　编　100054